管弦乐序曲

红旗颂

吕其明

Lü Qiming
RED FLAG ODE
OVERTURE
SCORE
(1965)

总谱

上海音乐出版社
SHANGHAI MUSIC PUBLISHING HOUSE

作者简介

吕其明(1 93 0—)一级作曲，男，汉族，安徽无为人。

吕其明是新中国培养出来的首批电影音乐作曲家之一。早在 1 940 年初，年仅十岁的 吕其明被新四军二师抗敌剧团吸收为小团员。此后九年在部队文工团从事音乐工作。1 945 年 9 月加入中国共产党。1949 年 5 月 26 日，吕其明随部队进入上海。同年 1 1 月转业到上海电影制片厂管弦乐队任小提琴演奏员。1951 年调北京中央新闻电影制片厂任电影作曲。1955 年又调回上影厂从事故事影片作曲工作。1959 年至 1965 年在上海音乐学院进修作曲和指挥。1990 年离休。

吕其明堪称优质多产。从事电影作曲以来，陆续为故事影片《铁道游击队》、《红日》（合作）、《白求恩大夫》、《南昌起义》、《霓虹灯下的哨兵》、《庐山恋》、《城南旧事》》、《雷雨》、《子夜》、《寒夜》、《焦裕禄》和电视连续剧《铁道游击队》、《秋海棠》、《孙中山和宋庆龄》、《这里也是战场》、《吴玉章》、《巨人的握手》、《闽西总暴动》、《魂系哈军工》等二百余部(集)电影、电视剧作曲。同时创作了管弦乐序曲《红旗颂》、交响诗《铁道游击队》、《开拓》、《国旗 • 一九九七》、管弦乐组曲《丰碑》》、交响叙事曲《孙中山》、管弦乐组曲《雨花祭》、弦乐合奏《永恒的怀念》、管弦乐序曲《焦裕禄》等十余部大、中型器乐作品以及《弹起我心爱的土琵琶》、《谁不说俺家乡好》（合作）、《微山湖》、《啊，故乡》、《大实话》等三百余首不同体裁和形式的声乐作品。

吕其明有着深厚的生活基础，积累了丰富的创作经验，创作了数量可观、并有相当社会影响的不同体裁和形式的音乐作品，而且逐渐形成了自己的美学观和艺术风格。他在 1982 年写作故事影片《城南旧事》音乐之前，总体风格和音乐气质具有英雄性与史诗性的特点。例如《铁道游击队》、《红日》(合作)、《白求恩大夫》、《南昌起义》。再如：描写 1949 年 10 月 1 日开国大典的管弦乐序曲《红旗颂》都洋溢着壮丽豪迈的英雄气概。又如：他的声乐作品热情、豪放、民族风格浓郁，优美感人，易于上口，不少作品在群众中广为流传，深受欢迎。《城南旧事》音乐问世以后，明显标志着作曲家风格的变化和扩展。呈现一种更加内在、深沉、单纯、洗练，也更加富于意境美和人情味的新的乐思风格。

吕其明一直坚持为人民写作。歌颂祖国和人民，歌颂党和人民军队，视为自己的终身职责。他有志为发展民族的交响音乐事业做一点力所能及的、面向广大听众的普及工作。注重保持音乐的民族性，是吕其明的创作特色之一。他的作品有着浓郁的民族风格和地方风格，举例来说，《弹起我心爱的土琵琶》是他的成名作，旋律很有山东民歌特点，又采用了山东民歌中富于典型意义的调式落音，因此很具地方特色。这种气质上的相近，神韵上的相通，表现了吕其明在民间音调的运用上所具有的融会贯通的能力，也表现了他在民族风格的掌握上所取得的成就。

吕其明不仅有着坚实的生活基础和艺术功底，而且在创作上一贯严肃认真，勤奋刻苦，一丝不苟。从1 980年以来，先后荣获数十项音乐创作奖，其中故事影片《城南旧事》音乐获第三届中国电影“金鸡奖”最佳音乐奖；故事影片《庐山恋》、《雷雨》音乐分别获第一届、第五届“金鸡奖”最佳音乐奖提名；电视剧《秋白之死》音乐获第八届电视剧“飞天奖”优秀音乐奖；管弦乐序曲《红旗颂》被评为二十世纪世界华人音乐经典；弦乐合奏《永恒的怀念》获第二届“金钟奖”铜奖；2005 年 6 月，在“纪念中国电影百年华诞当代中国电影音乐庆典”活动中，荣获当代中国电影音乐终身成就奖。

自　序

星移斗转，日月轮回。时光的脚步跨进了 21 世纪的门槛。过去半个世纪的音乐创作历程，对我来说，是漫长的岁月，也是历史长河的一瞬。那每个发自内心的音符，都是我真诚的记录,也是我前进征途中的历史脚印。

1940 年，我在孩提时代就投身新四军的革命大家庭，在抗日战争、解放战争中经受战火的洗礼和极其艰苦生活的磨练和考验，既熔铸了我的灵魂、意志，也赋予我血与火、爱与恨的乐思。钢枪伴琴弦，硝烟卷歌声，在这战地课堂．在这以抗战音乐和民间音乐为课本的年代，我作为一个只读过四年书的十岁孩子，同时又作为一名部队文工团的文艺战士，确实像进了一所没有围墙和门牌校徽的生活大学、艺术大学。唱歌、演戏、教歌、行军、打仗、宣传鼓动，把我和指战员、乡亲们交融在一起，把我一颗稚嫩的心和中国人民伟大的解放事业交融在一起。总之，部队文工团九年的战斗生活和艺术实践。使我受到极大的锻炼和艺术熏陶。是我人生经历中最为宝贵的一个关键时期，对我未来的成长产生了极其深远的决定性影响。

令我终生难以忘怀的是，在共和国成立仅一个月后，一个阳光明媚的日子，我依依不舍地脱下了我深爱的军装，转业到非常陌生、非常新奇的上海电影制片厂。不久后，走上了电影作曲的岗位。回顾在上影的五十多个春秋，我的音乐创作和银幕结下了不解之缘。我感谢上影厂给了我大量学习、创作的条件和机会。我在上影的成长，既有欢乐、也有痛苦，既有坎坷、也有辉煌。然而她给了我更多的还是欣慰，因为我毕竟在这里实现了自己的理想、意愿和人生的价值.

我有幸在五十年代末作为一名特殊学生踏进上海音乐学院这所高等学府的门槛。我永久铭记在学习作曲和指挥的那些日日夜夜，是上音的老师们为我翱翔音乐天地插上丰羽，解放了我的“创作生产力”，把对音乐的执着、酷爱变成多彩的音符，倾洒在一首首作品之中。当我在音乐创作的道路上每向前跋涉一步，我就默默感谢尊敬的上音老师们。

我生长在一个革命的家庭中，有最亲爱的父亲、母亲、妻子和兄弟姐妹们。父亲吕惠生在抗战时期曾是新四军第七师皖江抗日根据地行政公署主任。他一生清正廉洁，一身正气。正如他在日记中写下的：“革命事业，就是我的生命，为了革命鞠躬尽瘁，死而后已”。1945 年抗战胜利后，我军战略转移，在北撤途中，由于叛徒出卖，父亲不幸被捕，面对敌人的种种引诱，他无动于衷，遭受严刑拷打，他坚贞不屈。在狱中，父亲写下了惊天地、泣鬼神、大义凛然的诗篇：“忍看山河碎，愿将赤血流。烟尘开敌后，扰攘展民猷。八载坚心志，忠贞为国酬。且喜天破晓，竟死我何求。”父亲在走向刑场光荣就义时，高呼“中国和平民主万岁，中国共产党万岁!”时年四十三岁，走完了自己的光辉一生。父亲走了，虽然他没有留给我任何物质意义上的遗产，然而父亲留给我无比巨大的精神财富，使我享受终生。父亲的做人做事，是我的一面镜子；父亲的高尚品德是我人生的路标；父亲的一生一世，影响我后来的一切，包括我的工作、学习、生活、创作乃至我生命的全部。

我热爱伟大祖国的一山一水，一草一木；热爱伟大、勤劳、善良、智慧、勇敢的人民；热爱伟大的党。我的事业、我的命运、我的悲欢、我的荣辱和祖国、和人民融汇在一起，我要为之奉献我的一切。我要用真诚、热爱和智慧的劳动来回报祖国、党、人民和人民军队的养育之恩。我要将我生命的全部热忱交织在我的音乐作品中，来讴歌祖国和人民、党和人民军队光荣的昨天、美好的今天和灿烂的未来。日新月异的沸腾生活，给了我创作冲动，点燃了我创作灵感激情的火花，并给予我创作取之不尽、用之不竭的源泉。

半个世纪以来，我主要从事电影、电视剧音乐创作，同时也创作了一批管弦乐作品和声乐作品。同任何文艺作品一样，我的作品也毫无例外地受到历史的审视和实践的检验，使我从中受到深刻的启迪和顿悟。时间是最好的试金石，人心是最权威的裁判员。越是扎根民族土壤的作品，越富有艺术的生命力。在过去的岁月中，每当写作时，常以下面几点来要求自己：

音乐作品要有丰富的思想内涵，要有浓烈的情感和深远的意境，要动情，要感人，要给人无限想象空间；

音乐作品要有鲜明的时代特征；

音乐作品要有浓郁的民族风格和地方风格；

音乐作品要有严谨的艺术构思和相应的艺术技巧。

唯有勤奋之桨，才能将音乐之舟划向通达理想的彼岸；唯有虚怀，才能包容万事万物；唯有拼搏，才能驰而不息。我不求我的作品笼罩什么耀眼的光环，只要它伴随时代的脉搏跳动，融入社会的和鸣，并被广大听众所接受，所喜爱，所钟情，这就是我的希望和追求。他们的认可与赞许是我最大的欣慰，也是对我最高的褒奖。正因为如此，为祖国，为人民而写作，对我来说，绝不是一句过时的口号，而是终生的崇高天职和神圣使命。

作　者

管弦乐序曲
《红旗颂》

管弦乐序曲《红旗颂》作于1965年春，同年5月作为“上海之春”音乐节开幕曲首演。四十年后，经作者再次修订并最后定稿。

《红旗颂》是一部赞美革命红旗的颂歌，形象地展现了1949年10月1日开国大典，天安门上空升起第一面五星红旗时，解放了的中国人民热爱祖国，欢庆胜利，无比激动，无比喜悦，无比自豪之情，以及中国人民在新的历史征程中奋勇向前的进取精神。

《红旗颂》的演出形式可由三种方案供指挥家选用：

1. 管弦乐；
2. 管弦乐与混声合唱；
3. 管弦乐、混声合唱与附加铜管乐

（圆号、小号从37前一拍开始演奏至曲终；长号、大号从37开始演奏至曲终。）

作者

The orchestral overture ‘Red Flag Ode’ was 1st presented and played as the open melody in “The Spring of Shanghai” Festival in May 1965. But it was at the 40th anniversary of its presence, the draft was revised again and finalized by the author.

A carol to eulogize the revolutional red flag, the ‘Red Flag Ode’presented a vivid picture of the found ceremony of China on 1st of October, 1949.When the Red Flag rose for the first time, the liberated Chinese people feel that they loved their country so much, and they were extremely exciting, happy and proud of their spirit on the road towards the new historic period of time.

There are three schemes of performance forms of “Red Flag Ode”for conductor:

1.Orchestral music,

2.Orchestral with mixed chorus,

3.Orchestral, mixed chorus and attached brass band (French Horn and Trumpet play from the beat before 37 to the end, Trombone and Tuba paly from 37 to the end.)

Composer

乐 队 编 制

Orchestra

短笛	**Flauto Piccolo**	**Fi.Picc**
长笛（2支）	**Flautt**	**Fl**
双簧管（2支）	**Oboi**	**Ob**
单簧管(♭B)（2支）	**Claneti(♭B)**	**Cl**
大管（2支）	**Fagotti**	**Fag**
圆号（F）（4支）	**Corni**	**Cor**
小号（♭B）（3支）	**Tromboni(♭B)**	**Trbn**
长号（3支）	**Tromboni**	**Trbn**
大号	**Tuba**	**Tuba**
定音鼓（4架）	**Timpani**	**Timp**
小军鼓	**Tambuyo**	**Tamb**
钗（兼吊钗）	**Piatti**	**Piat.**
大鼓	**Gran Cassa**	**G.C.**
管钟	**Cloches**	**Cloches**
竖琴	**Arpa**	**Arpa**
钢琴	**Piano**	**Piano**
合唱	**Coro**	**Coro.**
第一小提琴	**Violini**	**Vl.I**
第二小提琴	**Violini**	**Vl.II**
中提琴	**Viole**	**Vle**
大提琴	**Violoncelli**	**VC.**
低音提琴	**Contrabassi**	**Cb**

红 旗 颂
RED FLAG ODE
吕 其 明
Lü Qiming
Moderato ♩= 80
Piccolo
Flute I II
Oboe I II
Clarinet in ♭B I II
Fagotti I II
Corni (F) I II III IV
Trombe (♭B) I II III
Tromboni I II e Tuba III
Timpani
Temburo
Piatti
Gran cassa
Arpa
Piano
coro S A T B
Violini I
Violini II
Viole
Violoncello
Contrabassi

3
1
Picc.
Fl.
Ob.
Cl.
Fag.
Cor.
Tr-be
Trb-ni
e
Tuba
Timp.
T-ro.
Pitti.
Piano.
Vln. I
Vln. II
Vle.
Vc.
Cb.
a2.
I.
div.
unis.
sfp
sff
mf
ff
f

6
Picc.
Fl.
Ob.
Cl.
Fag.
Cor.
Tr-be
Trb-ni
e
Tuba
Timp.
T-ro.
Piatti.
Piano.
Vln. I
Vln. II
Vle.
Vc.
Cb.
a2.
f
div.

9
2
Picc.
Fl.
Ob.
Cl.
Fag.
a2.
mf
Cor.
f
f
Tr-be
Trb-in
e
Tuba
II.
mf
mf
Timp.
mf
dim.
T-ro.
Pitti.
Piano.
Vln. I
Vln. II
Vle.
mf
Vc.
mf
Cb.
mf

14
3 Moderato ♩=76
Picc.
Fl.
Ob.
Cl.
Fag.
Cor.
Tr-be
Trb-ine
Tuba
Timp.
T-ro.
Pitti.
Piano.
Vln. I
Vln. II
Vle.
Vc.
Cb.
II.
I.
unis.
mf
mp
f

17
Fl.
Ob.
Cl.
Fag.
Cor.
Tr-be
Trb-in
e
Tuba
Timp.
T-ro.
Pitti.
Piano.
Vln. I
Vln. II
Vle.
Vc.
Cb.

20
a2.
Fl.
Ob.
Cl.
Fag.
Cor.
mf
mf
Tr-be
Trb-in
e
Tuba
Timp.
T-ro.
Pitti.
Piano.
Vln. I
Vln. II
Vle.
Vc.
Cb.

23
4
Fl.
Ob.
Cl.
Fag.
Cor.
Tr-be
Trb-in
e
Tuba
Timp.
T-ro.
Pitti.
Piano.
Vln. I
Vln. II
Vle.
Vc.
Cb.
mp
mf
p
f
8

26
Fl.
Ob.
Cl.
Fag.
Cor.
Tr-be
Trb-in
e
Tuba
Timp.
T-ro.
Pitti.
Piano.
Vln. I
Vln. II
Vle.
Vc.
Cb.
a2.
mf
mp
p

29
5
Fl.
Ob.
Cl.
Fag.
Cor.
Tr-be
Trb-in
e
Tuba
Timp.
T-ro.
Pitti.
Piano.
Vln. I
Vln. II
Vle.
Vc.
Cb.
a2.
mp

32
Fl.
Ob.
a2.
Cl.
a2.
Fag.
Cor.
Tr-be
Trb-in
e
Tuba
Timp.
T-ro.
Pitti.
Piano.
Vln. I
Vln. II
Vle.
Vc.
Cb.
p
mf

6
35
Fl.
Ob.
Cl.
Fag.
Cor.
Tr-be
Trb-in
e
Tuba
Timp.
T-ro.
Pitti.
Piano.
Vln. I
Vln. II
Vle.
Vc.
Cb.

38
Fl.
Ob.
Cl.
Fag.
Cor.
Tr-be
mf
mf
Trb-in
e
Tuba
Timp.
mf
T-ro.
p
f
Pitti.
f
Piano.
Vln. I
Vln. II
Vle.
Vc.
Cb.

41
7
Fl.
Ob.
Cl.
Fag.
Cor.
Tr-be
Trb-in
e
Tuba
Timp.
T-ro.
Pitti.
Piano.
Vln. I
Vln. II
Vle.
Vc.
Cb.
p
mf
mp

44
Fl.
Ob.
Cl.
Fag.
Cor.
Tr-be
Trb-in
e
Tuba
Timp.
T-ro.
Pitti.
Piano.
Vln. I
Vln. II
Vle.
Vc.
Cb.
a2.
mf
f
p

47
8
Fl.
Ob.
Cl.
Fag.
Cor.
Tr-be
Trb-in
e
Tuba
Timp.
T-ro.
Pitti.
Piano.
Vln. I
Vln. II
Vle.
Vc.
Cb.

50
Fl.
Ob.
Cl.
Fag.
Cor.
Tr-be
Trb-in
e
Tuba
Timp.
T-ro.
Pitti.
Piano.
Vln. I
Vln. II
Vle.
Vc.
Cb.
mp

53
rit.
9
Andantino ♩=72
Fl.
dim.
pp
Ob.
solo
mf
dolce
Cl.
Fag.
I.
p
Cor.
Tr-be
Trb-in
e
Tuba
Timp.
Arpa.
mp
Piano.
Vln. I
Vln. II
div.
Vle.
Vc.
mp
Cb.
pizz.

58
10
Fl.
Ob.
Cl.
Fag.
Cor.
Tr-be
Trb-in
e
Tuba
Timp.
Arpa.
Piano.
Vln. I
Vln. II
Vle.
Vc.
Cb.
I.
mp
p
f
unis.
div.
arco
pizz.

63
Fl.
Ob.
Cl.
Fag.
Cor.
Tr-be
Trb-in
e
Tuba
Arpa.
Vln. I
Vln. II
Vle.
Vc.
Cb.
mf
I.
p
con sord.
mp
div.
unis.
arco

11 Andante ♩=82
68
Fl.
Ob.
Cl.
Fag.
a2.
Cor.
Tr-be
Trb-in
e
Tuba
Arpa.
Vln. I
Vln. II
unis.
Vle.
unis.
Vc.
Cb.
mp
f

72
12
Fl.
Ob.
Cl.
Fag.
Cor.
Tr-be
Trb-in
e
Tuba
Arpa.
Vln. I
Vln. II
Vle.
Vc.
Cb.
p
solo
mf
dim.
mp
III.
div.

77
Fl.
Ob.
Cl.
Fag.
Cor.
Tr-be
Trb-in
e
Tuba
Arpa.
Vln. I
Vln. II
Vle.
Vc.
Cb.
I.
mp
mf
p
pp
f

13 Accel.
14 Allegretto ♩= 112
82
Fl.
Ob.
Cl.
Fag.
Cor.
Tr-be
Trb-in e
Tuba
Timp.
T-ro.
Pitti.
Vln. I
Vln. II
Vle.
Vc.
Cb.
a2.
mp
cresc.
mf
f
p
pp
ff
senza sord. a2.
senza sord.
unis.
div.

87
rit.
Fl.
Ob.
Cl.
Fag.
a2.
ff
Cor.
Tr-be
Trb-in
e
Tuba
dim.
Timp.
T-ro.
p
Pitti.
Vln. I
Vln. II
Vle.
Vc.
Cb.

15 Allegro molto ♩= 138
92
Fl.
Ob.
Cl.
Fag.
Cor.
Tr-be
Trb-in
e
Tuba
Timp.
T-ro.
Vln. I
Vln. II
Vle.
Vc.
Cb.
sf
mf
ff
a2.

100
16
Picc.
Fl.
Ob.
Cl.
Fag.
Cor.
Tr-be
II.
mf
f
Trb-in
e
Tuba
Timp.
T-ro.
Vln. I
Vln. II
Vle.
Vc.
Cb.
p
f
p
ff

108

17

Picc.

Fl.

mf

Ob.

mf

Cl.

mf

Fag.

Cor.

a2.

mf

a2.

mf

Tr-be

II.

mf

mf

Trb-in

e

Tuba

mf

mf

f

mf

mf

f

Timp.

mf

mf

f

T-ro.

mf

mf

f

Vln. I

mf

Vln. II

mf

Vle.

mf

Vc.

mf

Cb.

mf

116
18
Picc.
Fl.
Ob.
Cl.
Fag.
Cor.
Tr-be
Trb-in
e
Tuba
Timp.
T-ro.
Vln. I
Vln. II
Vle.
Vc.
Cb.

124
19
Picc.
Fl.
Ob.
Cl.
Fag.
Cor.
Tr-be
Trb-in
e
Tuba
Timp.
T-ro.
Vln. I
Vln. II
Vle.
Vc.
Cb.
mp
p

20
♩=126
132
Picc.
Fl.
Ob.
Cl.
Fag.
Cor.
Tr-be
Trb-ni
e
Tuba
Timp.
T-ro.
Vln. I
Vln. II
Vle.
Vc.
Cb.
a2.
f
mf
div.
unis.
II.

21
140
Picc.
Fl.
Ob.
Cl.
Fag.
mf
f
Cor.
Tr-be
Trb-in
e
Tuba
Timp.
T-ro.
Vln. I
Vln. II
div.
unis.
Vle.
mf
f
Vc.
mf
f
Cb.
mf
f

22
148
Picc.
Fl.
Ob.
Cl.
Fag.
mf
f
mf
f
Cor.
Tr-be
f
f
Trb-in
e
Tuba
Timp.
T-ro.
Vln. I
f
Vln. II
div.
unis.
div.
unis.
f
Vle.
unis.
mf
f
mf
f
f
Vc.
mf
f
mf
f
Cb.
mf
f
mf
f

156
23
Picc.
Fl.
Ob.
Cl.
Fag.
a2.
mf
f
Cor.
Tr-be
Trb-in
e
Tuba
Timp.
mp
T-ro.
Piano.
Vln. I
Vln. II
Vle.
Vc.
Cb.

164
24
Picc.
Fl.
Ob.
Cl.
Fag.
Cor.
a2.
Tr-be
Trb-in
e
Tuba
Timp.
T-ro.
Piano.
Vln. I
Vln. II
Vle.
Vc.
Cb.
mf
f
ff

172
25
Picc.
Fl.
a2.
Ob.
a2.
Cl.
a2.
Fag.
Cor.
Tr-be
Trb-in
e
Tuba
Timp.
T-ro.
Piano.
Vln. I
Vln. II
Vle.
Vc.
Cb.

180
26
Picc.
Fl.
Ob.
Cl.
Fag.
Cor.
Tr-be
Trb-in
e
Tuba
Timp.
T-ro.
Piano.
Vln. I
Vln. II
Vle.
Vc.
Cb.
a2.
f
ff
mf
sf
II.

188
27
Picc.
Fl.
Ob.
Cl.
Fag.
Cor.
Tr-be
II.
Trb-in
e
Tuba
Timp.
T-ro.
Piano.
Vln. I
Vln. II
Vle.
Vc.
Cb.
f
mf

196
28
Picc.
Fl.
Ob.
Cl.
Fag.
Cor.
Tr-be
II.
Trb-in
e
Tuba
Timp.
T-ro.
Piano.
Vln. I
Vln. II
Vle.
Vc.
Cb.
f
mf

204
29
Picc.
Fl.
Ob.
Cl.
Fag.
Cor.
Tr-be
II.
Trb-in
e
Tuba
a2.
Timp.
T-ro.
Piano.
Vln. I
Vln. II
Vle.
Vc.
Cb.
f
mf
mp

212
30
Picc.
Fl.
Ob.
Cl.
Fag.
a2.
Cor.
Tr-be
Trb-in
e
Tuba
Timp.
T-ro.
Piano.
Vln. I
Vln. II
Vle.
Vc.
Cb.

220
31
Picc.
Fl.
Ob.
Cl.
Fag.
Cor.
Tr-be
Trb-in
e
Tuba
Timp.
T-ro.
Piano.
Vln. I
Vln. II
Vle.
Vc.
Cb.
a2.
III.
div.
f
mf

228
32
rit.
Picc.
Fl.
Ob.
Cl.
Fag.
Cor.
Tr-be
Trb-in
e
Tuba
Timp.
T-ro.
Piano.
Vln. I
Vln. II
div.
Vle.
unis.
Vc.
Cb.

33 Moderato ♩=76
236
Picc.
Fl.
Ob.
Cl.
Fag.
Cor.
Tr-be
Tr-ni e Tuba
Timp.
T-ro
P-tti
Piano
S. A.
T. B.
Vl. I
Vl. II
Vle.
Vc.
Cb.
a2
I.
unis.
啊

241
Picc.
Fl.
Ob.
Cl.
Fag.
Cor.
Tr-be
mp
mf
Tr-ni
e
Tuba
Timp.
T-ro
P-tti
p
f
Piano.
S.
A.
T.
B.
Vl. I
Vl. II
Vle.
Vc.
Cb.

246
34
Picc.
Fl.
Ob.
Cl.
Fag.
Cor.
Tr-be
Tr-ni
e
Tuba
Timp.
T-ro
P-tti
Piano.
S.
A.
T.
B.
Vl. I
Vl. II
Vle.
Vc.
Cb.

250
35
Picc.
Fl.
Ob.
Cl.
Fag.
Cor.
Tr-be
Tr-ni
e
Tuba
Timp.
T-ro
P-tti
Piano.
S.
A.
T.
B.
Vl. I
Vl. II
Vle.
Vc.
Cb.

254
Picc.
Fl.
Ob.
Cl.
Fag.
Cor.
Tr-be
Tr-ni
e
Tuba
Timp.
T-ro
P-tti
Piano.
S.
A.
T.
B.
Vl. I
Vl. II
Vle.
Vc.
Cb.
mp

258
36
Picc.
Fl.
Ob.
Cl.
Fag.
Cor.
Tr-be
Tr-ni e
Tuba
Timp.
T-ro
P-tti
Piano.
S.
A.
T.
B.
Vl. I
Vl. II
Vle.
Vc.
Cb.
I.
a2
mf
mp
f
3

262
più mosso
Picc.
Fl.
a2
Ob.
a2
Cl.
a2
Fag.
mf
Cor.
ff
Tr-be
ff
Tr-ni
e
Tuba
mf
Timp.
p
T-ro
P-tti
p
Piano.
gliss.
S.
A.
T.
B.
Vl. I
mp
Vl. II
mp
Vle.
Vc.
mf
Cb.
mf

37
♩=84
266
Picc.
Fl.
Ob.
Cl.
Fag.
Cor.
Tr-be
Tr-ni
e
Tuba
a2
Timp.
T-ro
P-tti
Cassa
Camp.
Piano.
S.
A.
T.
B.
div.
Vl. I
Vl. II
Vle.
Vc.
Cb.

269
38
Picc.
Fl.
Ob.
Cl.
Fag.
Cor.
Tr-be
Tr-ni e
Tuba
Timp.
T-ro
P-tti
Cassa
Camp.
S.
A.
T.
B.
Vl. I
Vl. II
Vle.
Vc.
Cb.

272
Picc.
Fl.
Ob.
Cl.
Fag.
Cor.
Tr-be
Tr-ni
e
Tuba
272
Timp.
T-ro
P-tti
Cassa
Camp.
S.
A.
T.
B.
Vl. I
Vl. II
Vle.
Vc.
Cb.

39
275
Picc.
Fl.
Ob.
Cl.
Fag.
Cor.
Tr-be
Tr-ni e
Tuba
Timp.
T-ro
P-tti
Cassa
Camp.
S.
A.
T.
B.
Vl. I
Vl. II
Vle.
Vc.
Cb.
a2
ff

279
Picc.
Fl.
Ob.
Cl.
Fag.
Cor.
Tr-be
Tr-ni
e
Tuba
Timp.
T-ro
P-tti
Cassa
Camp.
S.
A.
T.
B.
Vl. I
Vl. II
Vle.
Vc.
Cb.

282
Picc.
Fl.
Ob.
a2
p cresc.
sff
Cl.
a2
sfp
cresc.
Fag.
cresc.
Cor.
Tr-be
Tr-ni e
Tuba
Timp.
T-ro
P-tti
Cassa
mf
Camp.
S.
A.
T.
B.
Vl. I
unis.
Vl. II
Vle.
Vc.
Cb.

红 旗 颂 (choral)
RED FLAG ODE
吕 其 明
Lü Qiming
33 Moderato ♩=76
S.
A.
T.
B.
啊
34
35
36
37
38
39

图书在版编目(CIP)数据

吕其明管弦乐作品集/吕其明作曲．—上海：上海音乐出版社，2006.6

ISBN 7-80667-823-9

Ⅰ.吕… Ⅱ.吕… Ⅲ.管弦乐—合奏曲—中国—选集 Ⅳ.J647.61

中国版本图书馆CIP数据核字(2006)第016429号

书名：吕其明管弦乐作品集

作曲：吕其明

中译英：范鲁南

责任编辑：胡晓耕

音像编辑：张治远

封面设计：陆震伟

上海音乐出版社出版、发行

地址：上海市绍兴路74号　邮编：200020

上海文艺出版总社网址：www.shwenyi.com

上海音乐出版社网址：www.smph.sh.cn

营销部电子信箱：market@smph.sh.cn

编辑部电子信箱：editor@smph.sh.cn

印刷：上海书刊印刷有限公司

开本：640×978　1/8　印张：38　谱、文283面

2006年6月第1版　　2006年6月第1次印刷

印数：1—1,500册

ISBN 7-80667-823-9/J·789

定价：168.00元(附CD一张)

告读者：如发现本书有质量问题请与印刷厂质量科联系

电　话：021-36162648　021-36162681